Jean GRAVE

Le Syndicalisme dans l'Évolution Sociale

PRIX :
10 centimes

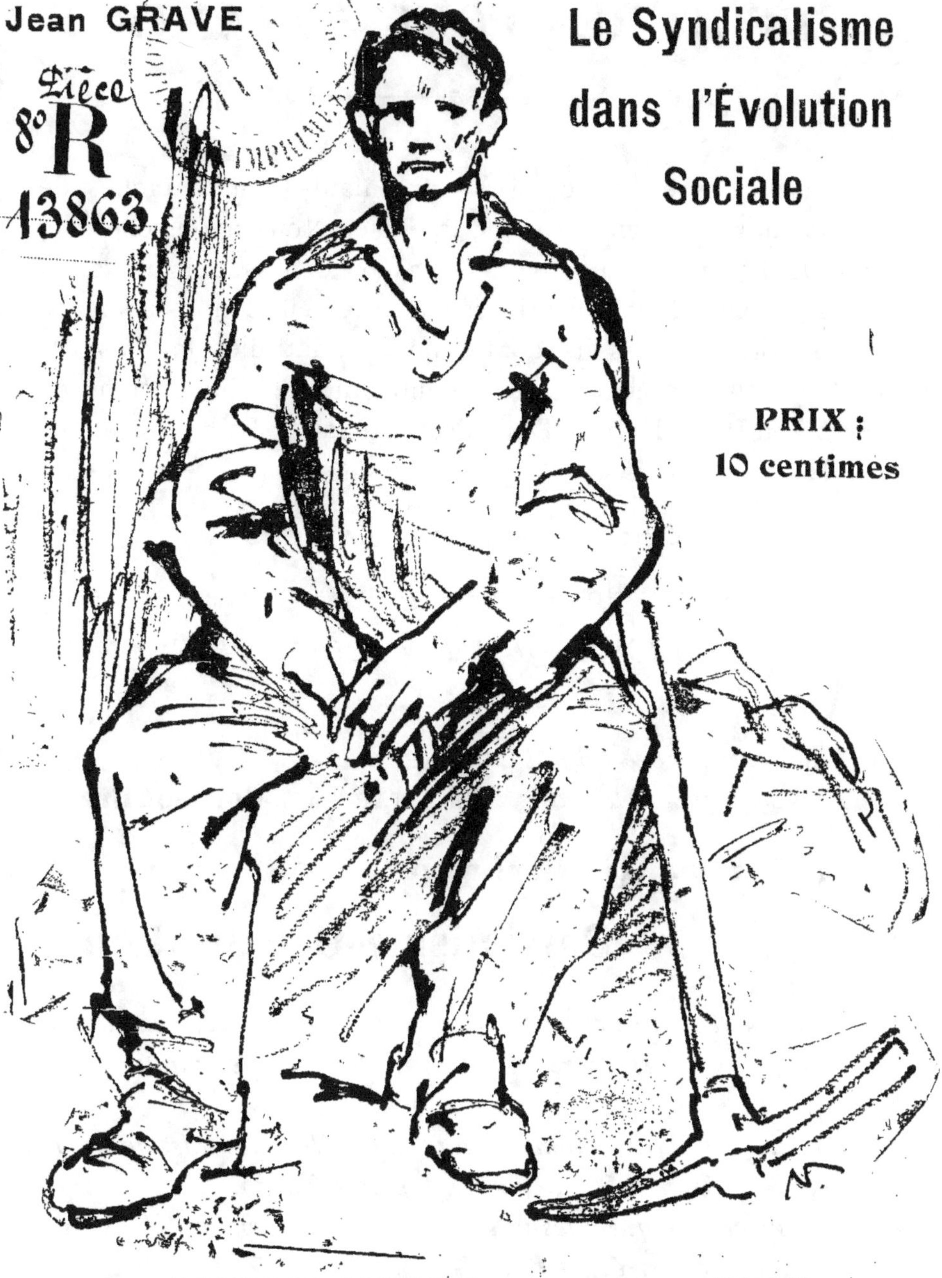

Aux « TEMPS NOUVEAUX », 4, rue Broca, PARIS.

LECTURES POUR ENFANTS

——— ✕ ———

Tous les livres de lecture pour enfants sont entachés de fausse morale religieuse ou bourgeoise. Nous avons cherché, dans la littérature de divers pays, les contes qui pouvaient amuser sans fausser l'esprit, et, à cette heure, nous avons en vente trois volumes de contes choisis, intitulés le *Coin des Enfants*, 1re, 2me et 3me séries, contenant des illustrations de Hermann-Paul ,Kupka, Delannoy, Hénault, Iribe, Willaume, M. H. T. et Delaw.

Chaque volume 3 francs

BIBLIOTHÈQUE DOCUMENTAIRE

Tous ceux qui exècrent la GUERRE,
Tous ceux qui ont la haine du MILITARISME : **doivent lire :**

Guerre-Militarisme
Patriotisme-Colonisation

Recueils de tout ce que les écrivains les plus en vue, de toutes les époques, ont écrit contre la GUERRE *et tous les maux qu'elle engendre.*

Chacun des deux volumes : **3** fr. **50.** *Nous les laissons à nos lecteurs, à raison de* **2** fr. **50** *l'exemplaire franco.*

Il reste encore quelques-uns de ces volumes en édition de luxe superbement illustrés, à **6** fr. **50.**

JEAN GRAVE

LE SYNDICALISME

DANS

L'ÉVOLUTION SOCIALE

PRIX : 10 CENTIMES

PARIS

AUX TEMPS NOUVEAUX

4, Rue Broca

—

1908

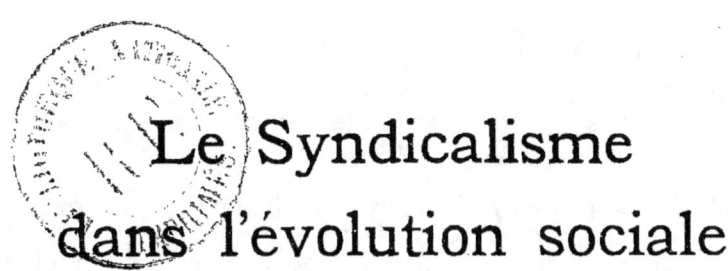

Le Syndicalisme
dans l'évolution sociale

Lorsque, vers 1879, il commença à se former en France un mouvement dont les adhérents prirent le nom d'anarchistes, le nouveau mouvement se tint à l'écart du mouvement syndicaliste, pour la raison que ce dernier mouvement était trop politicien et trop réformiste.

Et cela avait sa raison d'être, parce que, trop peu nombreux, les anarchistes auraient été noyés dans cette masse. Et leurs idées, encore aspirations plutôt que conceptions définies, ne seraient jamais arrivées à se formuler nettement, pris qu'ils auraient été par l'ambiance.

Cet éloignement du syndicalisme eut son bon côté : l'esprit dégagé de toute contingence, les anarchistes arrivèrent à se formuler une conception nette de ce qu'ils voulaient. Il y eut un mauvais côté : le mouvement ouvrier tomba complètement sous la dépendance des politiciens.

Seulement, si les anarchistes se tenaient à l'écart du mouvement syndicaliste, relevant ses erreurs, attaquant son inféodation aux partis politiques, il ne leur vint jamais à la pensée de l'attaquer en tant que mouvement ouvrier. Et chaque fois qu'une grève se dessinait, énergique, les anarchistes y prenaient part.

Il fallait toute l'outrecuidance de quelques huluberlus — qui se croient anarchistes parce qu'ils peuvent, plus ou moins mal, réciter par cœur quelques passages de Nietszche ou de Stirner — pour contester aux ouvriers l'utilité de se grouper en syndicats, afin de lutter contre les fantaisies de leurs exploiteurs.

*
* *

De leur côté, les politiciens ont la prétention de diriger le mouvement ouvrier. Pour eux, les syndicats devraient borner leur rôle à émettre des revendications, à les soumettre aux députés, qui se chargeraient de les porter au Parlement et de les transformer en lois.

Et, afin de ne pas entraver l'œuvre parlementaire, les ouvriers, en enfants bien sages et bien obéissants, devront respecter la loi, se tenir tranquilles, ne pas bouger, même lorsque leurs exploiteurs veulent les affamer, attendre l'intervention du député, seul qualifié pour parler en leur nom. Et, en l'échange des bienfaits parlementaires, réserver toutes leurs forces pour la lutte électorale et cotiser pour grossir la caisse des comités électoraux.

Mais le développement de l'idée anarchiste ayant gagné le mouvement ouvrier, celui-ci s'arracha de plus en plus à l'influence des politiciens.

Sans être anarchiste, le syndicalisme a entrevu que ses revendications ne devaient pas se borner à la défense des salaires, mais tendre à l'abolition du salariat ; qu'il était absurde d'attendre du Parlement ce qui devait être directement arraché à l'exploiteur, et que la légalité étant faite pour défendre ce qui existe, il était nécessaire, parfois, d'en sortir, pour obtenir quelque chose.

*
* *

Donc, aujourd'hui, le syndicalisme se dresse comme une force entre les politiciens, dont il tend à se détacher définitivement, et l'anarchisme, dont il se défie, en haine de l'esclavage dont il n'est pas encore complètement sorti.

L'outrance des hurluberlus n'est pas faite pour dissiper le malentendu.

Et, à ces derniers, il faut une bonne dose de fatuité, il faut qu'ils se fassent une conception bien nietszchéenne de leur Moi, pour s'imaginer qu'ils mèneront, en la méprisant, la foule à la révolution, ou pour penser que cette révolution peut être l'œuvre d'une poignée d'intellectuels... ou se croyant tels.

Du reste, il y a ici un non-sens de la part de ces « surhommes » au petit pied : ou bien l'on a compris que l'individualité est écrasée dans l'engrenage social, que ses aptitudes sont arrêtées dans leur développement, que ses virtualités sont étouffées avant d'avoir pu se manifester, parce que l'organisation économique sacrifie le bien-être et le développement du plus grand nombre au profit d'une minorité de privilégiés, et que pour changer cette mauvaise organisation, et ne plus être exposé par les hasards de la naissance et des événements à nous trouver parmi le troupeau des esclaves, il faut qu'il n'y ait plus d'esclaves. Que notre propre affranchissement, par conséquent, ne peut s'opérer que lorsque la masse entière saura se libérer.

Ou bien, la masse nous est étrangère ; si nous souffrons d'être parmi les exploités, il nous serait indifférent que d'autres le fussent à notre place, pourvu que nous ayons toutes nos aises, estimant que le troupeau est fait pour être tondu. Alors, inutile de se réclamer d'une révolution sociale — à moins que, comme pour les politiciens, ce ne soit qu'une formule dont on se sert pour amuser ceux dont on espère tirer pied ou aile — la société bourgeoise est assez bien constituée pour que ceux qui savent jouer des poings et des coudes puissent s'y faire leur place.

*
* *

Le syndicat est un groupement de lutte qui s'impose aux travailleurs en l'état social actuel.

Ceux qui sont les plus opprimés économiquement, intellectuellement et moralement, ont des réclamations à produire chaque jour, à chaque heure, à chaque instant.

Crevant de faim continuellement, il ne peut leur être indifférent d'obtenir une concession, si légère soit-elle, ou d'empêcher ne serait-ce qu'un dixième de tour à la vis de compression.

S'il est vrai qu'il n'y a que la disparition complète de l'exploitation qui puisse les libérer, il ne peuvent, dans l'espérance de cette révolution, qui s'opérera on ne saurait prévoir quand, abandonner la lutte de tous les jours ; car cet abandon encouragerait leurs exploiteurs à faire peser plus fort sur eux leur exploitation.

En attendant la suppression du salariat et de l'exploitation capitaliste, il leur faut bien résister aux diminutions de salaire, ou prendre l'offensive pour en obtenir l'augmentation lorsque l'accroissement des charges sociales vient leur rendre la vie impossible, ou qu'une conception plus nette de leurs droits les incite à réclamer une part plus large dans les produits de leur activité.

Et, forcément, la lutte au jour le jour, l'appât de l'amélioration immédiate, ou de ce qui semble tel, l'emportera toujours sur la lutte à buts plus incertains, plus éloignés, moins définis. Une heure de moins à l'atelier, quarante sous de plus à la fin de la semaine sembleront toujours plus faciles à obtenir, d'une réalisation beaucoup plus proche — et le sont, le plus souvent — que la disparition des exploiteurs, que la réalisation du bonheur et de l'affranchissement intégral.

Quelle que soit l'intensité de la propagande révolutionnaire, les travailleurs, en temps ordinaire, se grouperont, surtout pour des buts proches, faciles à atteindre. Et, voudrait-on négliger ce côté, que la réalité ne tarderait pas à les y ramener. C'est dans la lutte, dans la propagande qu'on pourra leur faire ensuite, qu'ils apprendront à connaître l'inanité des réformes partielles.

Aussi, est-ce une erreur d'affirmer, comme le font les syndicalistes révolutionnaires, comme le croient bon nombre d'anarchistes, comme le prophétise toute une nouvelle école socialiste — qui vient de découvrir le syndicalisme — que ce sont les syndicats qui organiseront la révolution, qu'ils sont appelés à organiser la production dans la société future, et qu'ils nous représentent la cellule initiale des groupements futurs.

*
* *

On me dira qu'il est absurde de prophétiser ce que sera, non seulement la société de demain, mais même ce que sera la révolution dont elle doit sortir. Nous ne savons pas ce que sera la société future, nous ne pouvons pas prévoir ce que sera la révolution qui se prépare. En matière d'activité sociale, les actions et réactions sont trop nombreuses, trop enchevêtrées, trop compliquées pour pouvoir faire des déductions, même approximatives ; car c'est toujours de l'imprévu qui surgit.

Et cela est l'exacte vérité.

Seulement nous savons plusieurs choses qui peuvent nous guider : 1º que nous souffrons de ce qui existe ; 2º que ça ne changera que si nous travaillons nous-mêmes à le changer ; et, 3º que, sans vouloir prophétiser ce qui sera, puisque cela dépend de l'évolution de millions et de millions d'individus, et d'une foule d'événements dont nous ne sommes pas les maîtres, il faut bien que nous cherchions à nous faire une idée de ce que doivent être les choses pour essayer de les réaliser, de façon à ce que ça marche mieux que ce qui existe.

Et, tout en sachant que les choses ne marcheront pas absolument comme nous le désirons, il nous faut agir comme si nous étions certains de diriger les événements puisque, en somme, c'est de toutes les conceptions émises, de toutes les activités mises en œuvre que sortira le futur. Plus se grouperont de gens décidés à agir dans le même sens, plus l'idée qui les aura animés aura chance de réussir.

C'est de l'empirisme ; d'accord. Mais il n'y pas de science sociale exacte. Ce n'est qu'en mentant effrontément, et en travestissant les faits que les économistes bourgeois prétendent faire de la science économique. Leurs prétendues lois économiques ne résistent pas une minute à une critique judicieuse.

*
**

Mais revenons aux syndicats !

Les revendications ouvrières forment le fond principal de la révolution qui se prépare ; de plus il serait absurde de penser faire une révolution sans le concours de la masse ouvrière. Mais, de par le fait qu'ils sont forcés de lutter journellement contre les exploiteurs, les syndicats, même lorsqu'ils inscrivent dans leur programme la suppression du salariat, l'expropriation de ceux qui se sont accaparé le sol et les moyens de production, cela reste toujours dans les choses lointaines, toute leur activité étant absorbée par la lutte quotidienne et les conflits qui surgissent à chaque instant entre salariants et salariés ; forcés qu'ils sont de les résoudre afin de donner satisfaction à ceux qui se groupent autour de l'organisation syndicale, ne lui demandant que ce qui est immédiatement réalisable.

Amener leurs coadhérents à comprendre que leur libération ne se fera que par eux-mêmes et lorsqu'ils se seront débarrassés de l'exploitation, c'est l'œuvre des anarchistes qui pénètrent dans les syndicats ; cela doit aussi devenir l'œuvre de ceux des syndicalistes qui sont arrivés à s'émanciper intellectuellement.

Mais la lutte de tous les jours, qui est inévitable, qui a sa raison d'être, a aussi son utilité, car elle habitue les travailleurs à corser leurs réclamations en leur démontrant que l'augmentation progressive des salaires est une chaîne sans fin qui peut se dérouler indéfiniment, en les laissant toujours aussi misérables et exploités. Cependant, la lutte, leur donnant conscience de leur force, a, de plus, l'inconvénient de faire prédominer les réclamations du moment, au détriment des réalisations plus éloignées. Il y a une pente sur laquelle il est facile de glisser. C'est pourquoi il serait dangereux de voir en le syndicalisme le seul moyen révolutionnaire.

*
* *

La vie sociale est beaucoup plus complexe. On n'est pas organisé seulement par corporations. En dehors de la production, les modes d'activité sont innombrables et dont chacun demande sa satisfaction intégrale. Pour que la révolution sociale garde toute son ampleur, accomplisse toute son œuvre, il faut que tout ce qui souffre de l'organisation sociale, que tout ce qui est annihilé par les mille liens de la législation et de la réglementation, se groupe pour trouver l'organisasion adéquate à ses aspirations, et travailler à la réalisation de ses conceptions dont l'application doit entraîner la ruine des institutions oppressives.

La société fourmille d'abus ; il faut que, contre chaque abus, surgisse le groupement de ceux qui ont le plus à s'en plaindre, pour le combattre.

De même qu'il se forme des associations pour organiser des promenades, faire de la musique, jouer aux boules, tirer à l'arc, il devrait s'en former pour battre en brèche chaque abus politique, administratif, policier, judiciaire ou fiscal.

Non seulement groupes de lutte contre ce qui existe, mais essais de groupements sur les bases futures, en vue de produire de la joie, du bien-être, de la solidarité, entre les individus de même pensée. On compte trop sur la fatalité de la révolution, oubliant que celle-ci n'est que destructive de ce qui embarrasse le terrain, et que, la destruction des formes oppressives accomplie, ne se développeront que les formes de groupement qui se seront déjà essayées.

L'état nouveau ne s'improvise pas, même après une révolution. Il ne sera donc que l'épanouissement d'initiatives déjà en germes.

Ce n'est que lorsque toutes les initiatives sauront se grouper, que lorsque tous les modes d'activité réclameront leur droit à se manifester, que la révolution trouvera sa formule et ne s'arrêtera pas à des transformations partielles.

*
* *

Il serait donc absurde d'attendre la révolution pour organiser la société future. C'est dès maintenant qu'il faut chercher des formes nouvelles de groupement.

Or, si dans l'organisation économique d'aujourd'hui, on produit non pour consommer, mais pour faire du commerce, agioter, réaliser des bénéfices, sans se préoccuper des vrais besoins et des goûts du consommateur, il ne doit pas en être de même dans une société normale.

L'organisation sociale ne doit pas s'opérer en vue de «produire», mais bien pour « consommer ». La production n'est pas un but, mais une conséquence.

Ce sont les besoins qui doivent déterminer les groupements. Si

j'ai besoin d'un meuble, d'un ustensile, ce n'est pas dans un maga-
sin que je dois aller les chercher tout faits. J'aurais à m'enquérir de
ceux qui auront besoin des mêmes objets, m'entendre avec eux, et
nous organiser pour les produire, non plus à la grosse, sur le même
plan, de formes identiques, mais un à un, tels que chacun de nous
les aura conçus.

Ici, je vois poindre l'objection : « S'il faut que l'individu en
revienne à fabriquer tout ce dont il aura besoin, ce sera un recul.
Il est impossible que le même individu puisse faire tous les métiers.
Non seulement, sa vie se passerait, encore pis que dans la société
actuelle, à produire sans une minute d'arrêt, mais c'est pratique-
ment impossible, vu la multiplicité de métiers qu'ont suscités les
besoins de l'homme. »

*
* *

Aujourd'hui qu'une grande partie des forces sont détournées de
la vraie production, et qu'il n'y a qu'une très petite partie des travailleurs produisant réellement et pour tous, il a fallu exprimer de
l'individu tout ce qu'il était susceptible de rendre comme force
productive ; c'est ce qui a amené la spécialisation et la division à
l'infini des métiers qui font qu'un individu, tout le long de son
existence, accomplira les mêmes mouvements mécaniques, destinés
à façonner éternellement la même pièce, ou la même partie de
pièce.

Mais l'homme ne doit pas être une machine à production. Pour
devenir un être sain, parfaitement équilibré, il doit exercer également son cerveau, chacun de ses muscles, et varier les mouvements
de ceux-ci.

Lorsqu'on sait manier un outil, on est apte à passer d'un métier
à un autre, lorsqu'on n'est pas tenu à faire de la production inten-
sive.

Je dois pouvoir varier mes occupations au gré de mes besoins :
battre le fer aujourd'hui, raboter des planches demain, gâcher
du plâtre un autre jour, si je me sens du goût pour ces diverses
occupations.

Lorsqu'il n'y aura plus de parasites, plus d'intermédiaires inutiles et onéreux, plus d'individus employés au seul service de ces parasites et de ces inutiles, il ne sera plus nécessaire que l'homme soit changé en machine à abattre de la besogne. L'outillage mécanique intelligemment employé restera toujours un auxiliaire précieux pour lui faciliter la besogne et écourter le temps à y passer.

L'important n'est pas tant de réduire indéfiniment les heures de travail que d'arriver à ce que, par un meilleur aménagement des forces, le travail soit un plaisir, une distraction, une occupation agréable, en même temps qu'un exercice hygiénique.

Dans la société actuelle, où le travail manuel est considéré comme dégradant par la plupart, nos parasites, pour se maintenir en santé, ont dû trouver des exercices où dépenser leurs forces d'une façon improductive.

Dans une société normale, on les dépensera plus intelligemment. L'individu utilisera les forces, que son tempérament exige qu'il dépense, à un travail productif, sans se croire dégradé. Pourvu que l'individu puisse se développer en toutes ses virtualités, il ne comptera pas les heures qu'il y emploiera.

*
* *

Evidemment, cet éparpillement de l'activité individuelle doit avoir une limite : les forces de l'individu lui-même et ses propres facultés.

S'il y a des modes d'activité vers lesquels les individus se trouveront entraînés, il y en a d'autres, au contraire, qui les laisseront indifférents, ou même peuvent leur répugner. Mais du fait qu'ils s'emploieront à divers travaux, ils se trouveront faire partie de divers groupes. Et comme chaque groupe pourra se trouver composé d'individus y exerçant des aptitudes différentes, et se trouvant faire partie d'autres groupes, les relations pourront varier ainsi à l'infini, et permettront à chacun de se procurer ce dont il aura besoin, sans avoir à participer directement à la fabrication.

Pour bien faire saisir mon idée, il faudrait donner un exemple, mais ce n'est pas ici la place, et, du reste, cela ne pourrait être qu'un aperçu. Une organisation semblable ne se crée pas spontanément ; elle ne peut sortir que d'une évolution s'opérant dans ces groupements et dans la mentalité des individus. C'est dans le groupement lui-même, aux prises avec les difficultés, que se trouvera son mode de fonctionnement, et qu'il faudra bien trouver si on veut échapper au danger du monopole corporatif, de la concurrence entre métiers, et sauvegarder la liberté individuelle.

*
* *

Dans cette organisation qui, seule, me semble rationnelle, et seule efficace pour donner à l'individu toute liberté d'allure, on voit que le syndicat a totalement disparu.

Du reste, groupement de lutte et d'éducation pour la lutte, il doit disparaître avec le régime qui l'a produit, pour faire place à des groupements plus complexes, moins étroits, rassemblant des aptitudes plus variées, n'ayant plus à combattre, mais à remplir leur fonction dans l'harmonie sociale.

De plus, pour hâter la révolution sociale, il est bon que chacun porte ses forces vers la besogne qui lui plaît le mieux. C'est en l'attaquant de tous les côtés à la fois que la société croulera plus vite.

Seulement, par un défaut inhérent à l'imperfection humaine, chacun a tendance à croire que c'est le moyen qui lui plaît qui soit le seul efficace, et il a vite fait de l'ériger en système, hors duquel il n'y a pas de salut.

Et puis, c'est si tentant de passer chef d'école !

Les exemples abondent.

Je ne parlerai pas des parlementaristes qui, eux, ont des raisons spéciales pour vouloir tout subordonner à la politique, et où les querelles des chefs les divisent et subdivisent à chaque instant.

Remontons seulement jusqu'à l'Internationale. On sait que le mot collectivisme ne fut inventé par les internationalistes que pour remplacer celui de communisme, qu'ils jugeaient trop décrié par les systèmes autoritaires.

Aujourd'hui, le collectivisme est une doctrine qui n'a plus grand'chose de commun avec le communisme d'aujourd'hui, si ce n'est l'étroitesse et l'autoritarisme du communisme dont on voulait se dégager, ayant même amplifié là-dessus.

Nos camarades de l'Internationale croyaient n'avoir inventé qu'un mot ; il en vint derrière eux qui en firent un système.

Lorsqu'on fit les premières lois contre les anarchistes, quelques littérateurs, fourvoyés dans le mouvement, inventèrent le mot libertaire, prétendant ainsi faire la nique aux nouvelles lois. Et, depuis, le nom de libertaire s'emploie à côté de celui d'anarchiste. Jusqu'à présent, on n'a pas trouvé le moyen d'y loger dessous une théorie nouvelle. Cependant, pour beaucoup, libertaire signifie autre chose — de plus ou de moins — qu'anarchiste. Il y a une nuance. Le libertarisme attend son prophète.

*
* *

Il y a, également, les déviations que tel mode d'activité entraîne avec lui.

Il est évident que, si l'on veut trouver des adhérents au mode d'action que l'on emploie, il faut en faire ressortir les avantages et négliger les côtés faibles. A force de le vanter et de chercher des raisons pour le faire accepter, on finit par s'illusionner soi-même.

A la suite des persécutions féroces de l'époque dont je parle plus haut, la propagande ouverte, purement anarchiste, fut arrêtée pendant plus d'une année, puisqu'il suffisait de se dire anarchiste pour être coffré. L'activité des anarchistes se tourna vers les syndicats. Et leur propagande, certes, y a été efficace, puisque aux syndicats qui, autrefois, pour la plupart, n'étaient que des groupements isolés, sans force, inféodés aux politiciens, ils sont parvenus à insuffler la vie, et à en faire une puissance avec laquelle le monde politique aujourd'hui est forcé de compter, et à les arracher à l'emprise mortelle des politiciens.

Par contre, pour beaucoup des anarchistes qui s'y sont donnés, cette besogne les a tellement pris que la propagande anarchiste ne compte plus pour eux, et, d'aucuns ne sont pas loin de regarder comme des gêneurs ceux des anarchistes qui viennent rappeler que le syndicalisme n'est qu'un des côtés de la question.

Il y a eu influence réciproque.

Si les anarchistes ont fait avancer le syndicalisme, celui-ci a fait rétrograder certains anarchistes. A la suite de l'affaire Dreyfus, il y eut un emballement général pour « l'éducation du peuple ». Chacun voulait éduquer l'ouvrier. Il en sortit la création des U. P. Cela attira quelques autres activités anarchistes qui ont été absorbées par le courant.

Il y eut encore le « néo-malthusianisme ». Au commencement, il s'agissait du droit pour chacun de n'avoir que le nombre d'enfants qu'il lui plairait ; la liberté pour la femme de se refuser aux maternités multipliées, ou simplement à la maternité ; le tout accompagné de considérations physiques et morales dont quelques-unes étaient solides, d'autres discutables. N'avoir d'enfants que lorsqu'on est sûr de pouvoir les élever, ne procréer que dans des conditions permettant d'avoir des produits sains, liberté pour la femme, tout cela, ce sont des choses excellentes, contre lesquelles on ne peut élever aucune objection, mais qui ne relèvent que de la morale individuelle.

Cela ne pouvait satisfaire les partisans de la nouvelle école. De facultative, la non-procréation est devenue un dogme social, une panacée à tous les maux qu'engendre la société. Elle est devenue la doctrine la plus réactionnaire que je connaisse.

Il y a encore l'antimilitarisme qui, dès les débuts de la propagande anarchiste, fut, avec l'antiparlementarisme, un des points principaux de l'activité des anarchistes et qui, lui aussi, tend à se spécialiser, et à « se suffire à lui-même ». Bien mieux, ne voilà-t-il pas qu'il se subdivise, et est en train de former, sous le nom d'hervéisme, une autre variété d'antimilitarisme ! Jusqu'à présent, il n'y a ni schisme, ni formule nouvelle. Patience ! Avec le temps, il se trouvera bien quelqu'un pour en faire une doctrine dont il se prétendra l'inventeur.

Non pas que l'antimilitarisme ne puisse donner carrière à des activités spécialement groupées dans ce but. Il y aurait à aider à l'exode de ceux qui fuient la caserne, leur faciliter l'établissement à l'exil, leur trouver des appuis pour se débrouiller à leur arrivée, afin que la difficulté de trouver du travail ne les ramène pas à la soumission. La grande activité des groupes antimilitaristes est d'apprendre l'espéranto, qui peut avoir son utilité, mais est insuffisant pour la solution des problèmes qui s'imposent.

*
* *

Cela n'est pas la faute de telle ou telle conception. Il y a impossibilité pour la majorité des individus à se faire une conception philosophique des choses, et, forcément, une fois que l'on s'est donné un but à atteindre, on ne voit plus que ce but. C'est ce qui fait que le syndicalisme tend, lui aussi, à devenir une doctrine, « à se suffire à lui-même », comme cela a été affirmé au Congrès d'Amiens.

C'est cela qui est dangereux ; car forcé de lutter la lutte de tous les jours, il sera à chaque instant amené, comme je l'ai déjà dit, à sacrifier l'avenir pour le présent. Or, nous savons que toute amélioration qui laisse subsister l'exploitation, le salariat, n'est qu'une amélioration illusoire ; que le travailleur, comme les autres, ne sera réellement affranchi, ne trouvera la satisfaction de tous ses besoins, que lorsqu'il aura totalement détruit l'organisation capitaliste.

Or, le fait de mettre, à chaque instant, l'éteignoir sur certaines réclamations que l'on suppose devoir empêcher la réalisation d'autres moins absolues, la peur d'effrayer une partie du personnel que l'on traîne à sa remorque, seront un continuel obstacle à ce qu'il s'établisse une conception large du mouvement social dans le personnel syndicaliste, si l'impulsion ne lui vient pas du dehors.

Cette besogne, c'est l'œuvre de la propagande anarchiste qui, elle, doit s'inspirer de toutes les activités, et qui, tout en semblant n'opérer que dans le vague de la théorie, « travailler pour l'an 2000 », comme on le lui reproche lorsqu'on veut la « plaquer », travaille cependant à ce que le progrès social ne reste pas stationnaire, à ce que les réclamations des déshérités se fassent entendre de plus en plus conscientes, de plus en plus précises, et que le mouvement ne se cristallise pas dans des formules qui, bonnes aujourd'hui, peuvent être une entrave demain.

Ce qui attendrait le syndicat, si jamais il arrivait à se transmuer en théorie. Comme toute théorie qui se croit une panacée, il voudrait se survivre et perdurer, et deviendrait ainsi une entrave au progrès social. Que les anarchistes facilitent au syndicalisme la besogne qui lui incombe — et elle est importante — mais qu'ils n'oublient pas la leur, qui ne l'est pas moins.

MONS. — Imprimerie Générale,

rue Chisaire, 11

Gérant : A. HARVENGT

EN VENTE AUX TEMPS NOUVEAUX
COLLECTIONS DE LITHOGRAPHIE

Voici ce qui nous reste au prix d'édition :

Capitalisme, par Comin'Ache. — **Education chrétienne,** par Roubille. — **Provocation,** par Lebasque. — **La Débâcle,** dessin de Vallotton, gravé par Berger. — **Le Dernier gîte du Trimardeur,** par Daumont. — **L'Assassiné,** par C. L. — **Souteneurs sociaux,** par Delannoy. — **Les Défricheurs,** par Agar. — **Le Calvaire du mineur,** par Couturier. — **Ceux qui mangent le pain noir,** par Lebasque. — **Les Bienheureux,** par Heidbrinck. — **La jeune Proie,** par Lochard. — **Le Missionnaire,** par Willaume. — **La Libératrice,** par Steinlen. — **Frontispice,** par Roubille.

Ces lithographies sont vendues **1 fr. 25** l'exemplaire sur papier de Hollande, franco **1 fr. 40.**

Nous avons en dehors de la série :

Aux petits des oiseaux, il donne la pâture..., lithographie de Willette, **1 fr. 40, 2 fr. 25** et **5 francs.** — Réduction des **Errants,** de Rysselberghe, **1 fr. 40** et **3 fr. 25.**

Il nous reste un petit nombre :

L'homme mourant, L. Pissarro. — **Les Sans-Gîte,** par C. Pissarro. — **Sa Majesté la Famine,** par Luce. — **On ne marche pas sur l'herbe,** par Hermann-Paul. — **La vérité au Conseil de Guerre,** par Luce. — **Mineurs Belges,** par Constantin Meunier. — **Ah ! les sales Corbeaux,** par J. Hénault. — **La Guerre,** par Maurin. — **Epouvantails,** par Chevalier.

Nous les mettons à **2 francs.**

L'Incendiaire, par Luce. — **Porteuses de bois,** par C. Pissarro. — **L'Errant,** par X. — **Le Démolisseur,** par Signac. — **L'Aurore,** par Willaume.

Elles sont en vente au prix de **3 francs.**

Il ne reste qu'un nombre très limité de collections complètes. Elles sont vendues **75 francs** l'édition ordinaire, **150 francs** celle d'amateur.

Nous avons également, comme frontispice à nos volumes du supplément, quatre superbes lithographies en couleurs qui peuvent très bien s'encadrer également :

Celle du Ier volume est de Willaume (épuisée), reste quelques exemplaires à **5 francs.**

Pour le 2e volume, de Pissaro, **2 francs.**

— le 3e — de Luce, **2 francs.**

— le 4e — de Lebasque, **2 francs.**

Tirage d'amateur, **3 fr. 50.**

Repaire de Malfaiteurs, par Willaume, tirage ordinaire, **1 fr. 50** ; tirage d'amateur, **3 fr. 50.**

Il en reste très peu des deux.

Les « Temps Nouveaux » Paraissant tous les 8 jours avec un Supplément littéraire
10 c. le numéro. — Administration : 4, rue Broca.

Abonnements: France, un an, 6 fr.; Extérieur, 8 fr.

EN VENTE AUX « TEMPS NOUVEAUX »

(1) Prises dans nos Bureaux, les petites brochures se vendent 0 fr. 05 ou 0 fr. 10 en moins selon l'affranchissement.

Mons. — Imprimerie Générale, rue Chisaire, 11, Gérant : A. Harvengt.